U0111061

小恐龍正向思維魔法繪本

躁躁龍，換位思考解難題！

瑞秋·布萊特 (Rachel Bright) 著

克里斯·查特頓 (Chris Chatterton) 繪

潘心慧 譯

新雅文化事業有限公司
www.sunya.com.hk

小恐龍正向思維魔法繪本
躁躁龍，換位思考解難題！

作者：瑞秋·布萊特（Rachel Bright）
繪圖：克里斯·查特頓（Chris Chatterton）
翻譯：潘心慧
責任編輯：黃偲雅
美術設計：李成宇、許鍩琳
出版：新雅文化事業有限公司
香港英皇道 499 號北角工業大廈 18 樓
電話：（852）2138 7998
傳真：（852）2597 4003
網址：http://www.sunya.com.hk
電郵：marketing@sunya.com.hk
發行：香港聯合書刊物流有限公司
香港荃灣德士古道 220-248 號荃灣工業中心 16 樓
電話：（852）2150 2100
傳真：（852）2407 3062
電郵：info@suplogistics.com.hk
印刷：中華商務彩色印刷有限公司
香港新界大埔汀麗路 36 號
版次：二〇二三年七月初版

ISBN: 978-962-08-8237-1
Original Title:*The Stompysaurus*
First published in Great Britain in 2022
by The Watts Publishing Group
Text © Rachel Bright 2022
Illustrations © Chris Chatterton 2022
All rights reserved.

Traditional Chinese Edition © 2023 Sun Ya Publications (HK) Ltd.
18/F, North Point Industrial Building, 499 King's Road, Hong Kong
Published in Hong Kong SAR, China
Printed in China

新的一天，晨光初露，
灑在小溪上輕輕浮動。
橙色的躁躁龍仍窩在被子裏
呼呼大睡，做着**美夢**。

他打了個大哈欠，
動動腳趾，伸個懶腰。
他一直夢想着這一天
充滿了**好朋友**、**遊戲**和**歡笑**。

但他那頑皮的弟弟
迫不及待要和他玩！

他用枕頭打了哥哥一下，
吐吐舌頭就跑掉！

躁躁龍跳起來，
立刻開始追逐。

他**不滿**地咕嚕了一聲，
臉上緊緊地**皺着眉頭**。

但弟弟實在跑得太快
——他很清楚往哪躲！
躁躁龍跌跌撞撞地追過去……

腳趾還踢到了石頭！

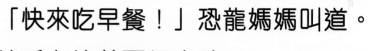

「快來吃早餐！」恐龍媽媽叫道。
她手上捧着兩個大碗，
但那不是他最愛吃的奶油烤麪包！
今天的早餐，躁躁龍很**不喜歡**。

10

不滿的情緒逐漸上升，
火辣辣的感覺傳遍全身。

「**不好吃！**」
他大聲叫。
「我要吃別的！
太不公平！」

躁躁龍淚汪汪地大吼，
一邊用力**踏步**，走來走去……

他的兩個小鼻孔
都氣得冒出煙來了！

然後躁躁龍
衝出去外面——
怒氣沖沖地
吼——！

他跺了跺腳，吼了一聲，

又跺了**跺腳，**

砰砰砰砰……
跟着又跺了很多下！

他知道不應該這麼做，
但還是忍不住要**大叫**，

把所有的恐龍朋友都嚇壞，
誰都**受不了**！

「我的弟弟
惹到我很生氣！
我好難過，
因為腳趾痛！
我也很餓很餓很餓——！」

躁躁龍大吼。
他真的感到很難受！

但跺腳和大吼太累了，
於是他悶悶不樂地坐下。
他這麼大叫是不是破壞了一切？
他所期待的這一天沒希望了嗎？

這時……從他頭上傳來
一把意想不到的聲音；
它清了清喉嚨，響亮地說：

「任何時候你都有選擇……」

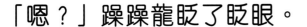

「嗯?」躁躁龍眨了眨眼。
「什麼意思?」
「好吧,」蝙蝠龍回答,
「你想知道,我就告訴你⋯⋯

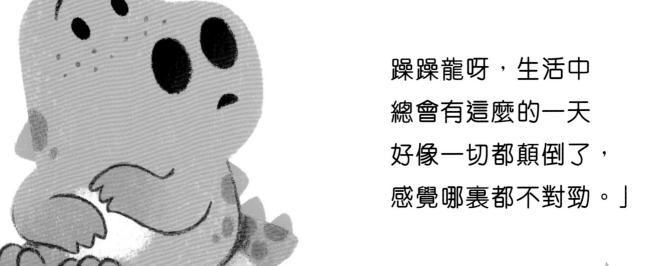

躁躁龍呀,生活中
總會有這麼的一天
好像一切都顛倒了,
感覺哪裏都不對勁。」

「不如先吸一口氣，再呼出……
慢下來，給自己一點空間，
整理一下混亂的情緒，
試着**換個角度看問題**。」

19

於是躁躁龍決定
好好地試一試，
果然從另一個角度
看到了**不一樣的自己**！

「雖然弟弟捉弄我，
真的是很煩，
但如果我看見好玩的一面，
就可以開開心心地和他玩。」

「還有，如果我沒去追弟弟，
我的腳趾就會好好的。」

「我不喜歡我的早餐，
但我也不需要發牢騷！」

躁躁龍發現，這些想法
平息了所有煩惱和怒氣；
而他現在最想做的事情，
就是跟大家說「**對不起**」！

他匆匆跑去告訴他的朋友：
他現在看事情已完全不一樣！

「對不起！」 他坦誠認錯，
「我不該把脾氣發洩在你們身上。」

在陽光下，躁躁龍的小伙伴
一個接一個，都和他開心地玩。
這一天最終還是充滿了
歡笑、遊戲和**樂趣**！

不過，太陽都快下山了，
仍有一個「對不起」還沒說。

原來躁躁龍把最重要的一個
留到上牀前才說。

他抬頭看着恐龍媽媽說：

「媽媽，

可不可以**原諒我**？」

媽媽給了他好多個**吻**，
還有一個超級**大擁抱**！

所以，如果你感到很煩躁，
好像你的生活都亂了套，

一個**深呼吸**和**開放的心**……

……可能會將一切**扭轉**過來！